P9-CBG-911

Busca Fieras®

Un agradecimiento especial a Thea Bennett

A Oliver y Zöe

DESTINO INFANTIL Y JUVENIL, 2015
infoinfantilyjuvenil@planeta.es
www.planetadelibrosinfantilyjuvenil.com
www.planetadelibros.com
Editado por Editorial Planeta, S. A.

Título original: *Muro. The Rat Monster*

Avda. Diagonal, 662-664, 08034 Barcelona
Primera edición: julio de 2015
ISBN: 978-84-08-14300-0
Depósito legal: B. 13.462-2015
Impreso por Liberdúplex, S. L.
Impreso en España – Printed in Spain

El papel utilizado para la impresión de este libro es cien por cien libre de cloro y está calificado como **papel ecológico**.

MURO, LA RATA MONSTRUOSA

ADAM BLADE

EL DESIERTO HELA
LAS MARISMAS DE KAYONIA
LAS LLANURAS DE KAYONIA
EL BOSQUE DE KAYONIA

Kayonia
EL VALLE DORADO
MITON

¡Saludos, jóvenes guerreros!

Tom ha decidido emprender una nueva Búsqueda y tengo el honor de ayudarlo con la magia que me enseñó el mejor maestro, Aduro. Los retos a los que se enfrentará Tom serán muy grandes: un nuevo reino, una madre perdida y seis nuevas Fieras bajo el maleficio de Velmal. Tom no sólo luchará para salvar el reino; deberá luchar para salvar las vidas de las personas más cercanas a él y demostrar que el amor puede vencer al odio. ¿Será cierto? La única manera de comprobarlo es mantener el tesón y la llama de la esperanza encendida. Siempre y cuando el viento no la apague...

Marc, el aprendiz

PRÓLOGO

El ardiente sol brillaba sobre los dorados maizales de las Llanuras de Kayonia. La cosecha se movía al capricho de la suave brisa.

Roland miró al cielo. Los días y las noches en Kayonia eran impredecibles, y el sol podía ponerse en cualquier momento.

«Más me vale empezar», pensó.

En los vastos maizales, los agricultores recolectaban, y Roland no quería quedarse atrás.

Había visto muchas cosechas, pero ninguna tan buena como aquélla en muchos años. Las mazorcas de maíz tenían los granos muy grandes. Cuando los molieran en el molino del pueblo, los campesinos podrían vender la harina.

Roland levantó su guadaña en forma de media luna. Entonó una antigua canción de recolección mientras el filo de su herramienta cortaba los tallos del maíz. «Bien, bien. El día pronto acabará. Bien, bien. Trabajemos sin cesar, que el sol pronto se pondrá.»

El maíz caía a sus pies mientras avanzaba por el campo de cultivo cortando las plantas con su guadaña.

—¡Puaj! —exclamó de pronto Ronald entre arcadas. Un olor fuerte y pútrido se le metió en la garganta. Miró a su alrededor. No vio nada excepto el mar de maíz dorado.

Oyó unos crujidos entre las plantas de

maíz que sonaban como cuando los ratones invadían los graneros del pueblo, pero mucho, muchísimo más fuertes.

De pronto, algo saltó entre el maíz y aterrizó en el pie de Roland. Era una rata gris y gorda que lo miraba con sus ojos rojos.

Roland la ahuyentó, pero aparecieron más criaturas sarnosas, y al verlas, empezó a temblar. Se le puso la carne de gallina al ver sus colas desnudas y sus largas garras marrones.

«¡Son sólo ratas!», se tranquilizó a sí mismo. Movió la guadaña y las ratas se alejaron, pero el horrible olor persistía. Vio que, en algunos lugares, las plantas de maíz estaban comidas y cubiertas de un moho negro y pegajoso.

—Hay una plaga en la cosecha —dijo con un gruñido de desesperación. Al final no iba a ser la mejor cosecha en muchos años. Debía informar a los demás cuanto antes para que pudieran actuar rápidamente y salvarla.

Cogió algunas plantas de maíz que había cortado, las ató en una gavilla y se la cargó al hombro. Mientras se enderezaba, oyó un chillido muy alto que hacía eco en los maizales.

El ruido le puso la carne de gallina. El suelo vibraba bajo sus pies, como si se acercaran unos cascos pesados. Después vio el lomo de un animal grande que se alzaba de entre el maíz y se dirigía hacia él.

«¡Se ha escapado un toro! —pensó, mientras el lomo del animal subía y bajaba con su paso acelerado—. ¡Pero los toros no corren tan rápido!»

Cuando el animal apareció delante de él, se dio cuenta de que no era un toro. Nunca había visto nada igual. Tenía la cara puntiaguda y bigotes. ¡Era una rata gigante! Su cuerpo estaba cubierto por un pelaje negro y mate, y movía su largo hocico bajo sus malvados ojos rojos.

Roland soltó la gavilla y salió corriendo por el camino que había hecho al cortar el maíz.

—¡Socorro! ¡Ayuda, por favor! —gritó con el miedo clavado en la garganta. Pero los otros campesinos estaban reco-

giendo la cosecha y se encontraban demasiado lejos para oírlo.

Roland consiguió llegar hasta su carro, donde había puesto el maíz que había recolectado antes. Se metió debajo y aguantó la respiración. Lo único que oía eran los latidos de su corazón. El suelo empezó a temblar. Cuatro patas inmensas se acercaron al carro a toda velocidad. Cada una terminaba en unas garras retorcidas y amarillas.

La Fiera chocó contra el carro y Roland gritó. La rata gigante volvió a embestir el carro y lo volcó hacia un lado.

El indefenso campesino quedó al descubierto y miró hacia arriba. El sol se estaba poniendo, y vio un brillo rojo como la sangre en los ojos diabólicos de la Fiera. Entre sus largos dientes amarillos, caían unas babas que despedían un olor pútrido y asfixiante.

La Fiera acercó sus dientes mellados a

la cara de Roland. El campesino intentó gritar de nuevo, pero de su garganta no salió ni un sonido. La oscuridad envolvió los maizales y el campesino de Kayonia no volvió a saber nada más.

CAPÍTULO UNO

VIAJE AL PELIGRO

Tom se despertó y se frotó los ojos. Le daba la sensación de que acababa de quedarse dormido, pero el sol ya estaba alto en el desierto helado de Kayonia.

Elena estaba tumbada a un metro de él, envuelta en su túnica gruesa y acolchada.

—¡Elena! ¡Despierta! —dijo Tom.

La chica se dio media vuelta y bostezó.

—¡Brrr! ¡Hace mucho frío! —dijo—. ¿Qué ha pasado con la hoguera?

Tom miró los restos de la fogata que habían hecho la noche anterior. Bajo las brasas se extendía la arena negra del desierto, que brillaba como un cristal. La leña había sido un regalo de despedida de la tribu de nómadas a la que habían ayudado en su Búsqueda anterior, cuando se enfrentaron a *Komodo*, el rey lagarto. Tom y Elena habían encontrado el Cactus Negro, y gracias a eso, los nómadas habían podido curar los cascos enfermos de sus caballos.

—Tenemos que ponernos en camino —dijo Tom—. No sabemos cuánto durará la luz del día.

Tenía que encontrar el siguiente ingrediente de la poción mágica que salvaría a su madre, Freya, del maleficio de Velmal. Al pensar en ella lo invadió un sentimiento de tristeza. Freya era la

Maestra de las Fieras del gran reino de Avantia, pero había perdido todo su poder y ahora estaba débil y muy enferma por culpa del veneno de Velmal.

Tom cogió la montura para ensillar a su caballo. *Tormenta* estaba cerca de las brasas, con la cabeza agachada, y cerca de él se encontraba el lobo, *Plata*, tumbado en la arena fría y abrigado por su grueso pelaje.

De pronto, el lobo se puso de pie y empezó a ladrar al ver el humo que salía de las brasas.

—¡Mira, Tom! —gritó Elena mientras las llamas ardían y estallaban.

En medio del humo, apareció una cara sonriente que miraba al muchacho bajo su sombrero arrugado de brujo.

Era Marc, el aprendiz del buen brujo Aduro.

—¡Saludos, Tom y Elena! —dijo Marc saliendo de las llamas—. Hicisteis un muy buen trabajo al encontrar el Cactus Negro, y ahora debéis emprender una nueva Búsqueda.

Además de ayudar a curar los cascos de los caballos de los nómadas, el Cactus Negro era el primer ingrediente de la poción mágica que curaría a la madre de Tom. Pero, para hacer la poción se necesitaban seis ingredientes en total.

—He venido a avisaros —dijo Marc—.

La Fiera con la que os vais a enfrentar será vuestro enemigo más letal. ¡Es *Muro,* la rata monstruosa!

Tom sintió una oleada de emoción que le corría por las venas.

—¿Y qué ingrediente...? —empezó a decir.

Pero la imagen de Marc ya estaba desapareciendo.

—No te lo puedo decir —dijo volviendo a meterse en el fuego—. Ahora tengo que ir al castillo de la reina Romaine. La fuerza de Velmal es cada vez más grande. Pronto... —Marc desapareció y el fuego se apagó con una bocanada de humo.

Al pensar en su madre, Tom sintió un miedo que lo dejó helado. Si la perdía ahora que acababa de encontrarla, jamás se lo perdonaría.

Elena le puso la mano en el hombro.

—Vamos a ver adónde tenemos que ir.

Tom sacó el amuleto que llevaba colgado al cuello. De él salieron unos rayos de luz, y en su superficie luminosa apareció el desierto y una ruta marcada por una línea roja y brillante.

Tom siguió la ruta que llegaba hasta una zona plana y extensa donde crecían cosechas altas. Sintió una punzada en el corazón al recordar las Llanuras de Avantia, que estaban cerca de su pueblo natal, Errinel. Le hubiera gustado estar allí en ese momento, tumbado boca arriba bajo la cálida luz del sol, escuchando la brisa del viento al pasar entre la hierba.

—¡Todavía no! —se dijo a sí mismo—. ¡Mientras la sangre corra por mis venas, lucharé hasta vencer a Velmal!

El camino sinuoso parpadeaba en el mapa y llegaba a un punto negro que temblaba con una energía amenazante: el objetivo de su Búsqueda.

Tom observó una figura borrosa que tenía el cuerpo enorme, como el de un bisonte, y la cabeza puntiaguda de una rata. Por debajo, apareció su nombre: *MURO*.

—¡Una rata monstruosa! —dijo con un nudo de aprensión en el estómago.

Elena tembló.

—¡Las ratas son de las pocas cosas que no puedo soportar!

—En el mapa no veo nada que parezca un ingrediente —dijo Tom—. Lo debe de tener escondido la Fiera en el cuerpo.

Los dos amigos recogieron el campamento. Tom ensilló a *Tormenta* y se subió a su silla. Después montó Elena detrás.

Salieron a galope tendido, con *Plata* corriendo a su lado. El lobo ladraba emocionado al empezar una nueva Búsqueda.

Pronto el aire se volvió más cálido.

Dejaron atrás el desierto helado y llegaron a unos campos.

—¡Ya casi hemos llegado! —le dijo Tom a Elena.

La muchacha le dio un tirón en el hombro.

—¡Para! ¡Mira a *Plata*! —gritó.

Tom tiró de las riendas de *Tormenta* para que se detuviera. *Plata* corría hacia ellos, olisqueando el aire y aullando con el hocico arrugado.

—Huele algo —dijo Elena.

—Seguramente hay algo entre los maizales—dijo Tom—. Definitivamente estamos yendo en la dirección correcta.

Volvieron a ponerse en camino, esta vez al trote. *Plata* iba a su lado, mirando cautelosamente hacia delante.

Los rayos del sol le caían a Tom en la cabeza, y el sudor le bajaba por la espalda. Delante de él se extendían los maizales dorados hasta donde se perdía la vista.

Tosió al sentir una ráfaga de aire apestoso. De los campos de cultivo salía un olor horrible a podrido. Se tapó la nariz con la manga.

—¿De dónde viene ese olor? —preguntó Elena tapándose la cara con su bufanda.

Lo único que se veía era un molino de viento, con sus aspas girando enérgicamente. A Tom le parecía que había algo extraño en el molino y de pronto se dio cuenta de lo que era.

«Las aspas del molino se mueven, pero el maíz, no. ¿Cómo se pueden mover las aspas sin viento?»

Se chupó un dedo y lo levantó en el aire. Efectivamente, no había viento.

—Aquí hay algo que no cuadra —le dijo—. Y creo que el molino esconde la llave del misterio...

CAPÍTULO DOS

COSECHA MORTAL

Tom clavó los talones en los flancos de *Tormenta* y el caballo salió al galope hacia los campos de cultivo, con *Plata* a su lado.

Tormenta se metió entre las plantas de maíz, hundiendo los cascos en la tierra húmeda y negra. Tom y Elena se sujetaban con fuerza mientras pasaba por los surcos.

Por todo el campo de cultivo había acequias para regar las cosechas. *Tormenta* se detuvo al llegar al borde de una y *Plata* saltó al barro. Del agua estancada salía un horrible olor a podrido.

—¡Vamos, muchacho! —gritó Tom.

Tormenta saltó sobre la zanja, pero resbaló y casi se cae al suelo.

—Será mejor que desmontemos —le dijo Tom—. Le resulta muy difícil llevarnos por el barro.

Tom y Elena se bajaron de *Tormenta*. *Plata* iba a su lado, jadeando con fuerza. El maíz se movía por encima de sus cabezas.

Las aspas del molino seguían dando vueltas con un ruido siniestro. Tom fue hacia allí, chapoteando en el barro e intentando esquivar las raíces podridas del maíz, que se enredaban en sus piernas y amenazaban con tirarlo al suelo en cualquier momento.

—¿Por qué no han recogido la cosecha? —preguntó Elena deteniéndose para respirar—. Han dejado que el maíz se pudriera.

Se agachó para desenredarse una rama podrida y pegajosa que se le había enganchado en el tobillo.

Mientras Tom la esperaba, oyó un fuerte estruendo que venía del molino.

—¿Qué ha sido eso? —preguntó—. Parece el sonido de un tambor.

Elena escuchó.

—Oigo voces —dijo.

A duras penas, Tom consiguió oír la letra de una canción.

«Que sí, que sí, que el maíz se va a caer. Que sí, que sí, y el pueblo podrá crecer.»

—Parece una canción de recolecta —dijo Tom.

Elena observó el maíz putrefacto y frunció el ceño.

—Pero en la cosecha hay una plaga y se está muriendo —dijo—. No veo a nadie recolectando.

—Vamos a seguir adelante —le dijo Tom—. Tenemos que averiguar qué está pasando y si esta gente nos puede vender algo de comida.

—También necesitamos agua —dijo Elena—. Las cantimploras están casi vacías.

Los dos amigos salieron del campo de cultivo. Tom vio que alrededor del molino había unos edificios blancos y bajos de tejados planos. En la plaza del pueblo había una multitud de gente vestida con túnicas del color del barro. Tom se sentía incómodo. ¿Por qué estaban todos quietos?

—Será mejor que nos mantengamos juntos —le dijo a Elena.

Caminaron entre las casas y llegaron hasta la plaza del pueblo. La gente se había reunido alrededor de un inmenso caldero que estaba encima de una fogata. Todos cantaban la canción de la cosecha con voz baja y cansada.

Muchos de ellos tenían la espalda doblada, como si les pesaran mucho las túnicas. Ninguno de ellos miró a Tom ni a Elena.

—¿Qué les pasa? —preguntó la muchacha.

—No lo sé —dijo su amigo—, pero voy a averiguarlo.

Al final del pueblo vieron unas lonas extendidas. Se parecían a las telas que ponían en el pueblo de Tom sobre los silos subterráneos donde almacenaban el grano.

—Eso deben de ser silos de grano —le dijo Tom a Elena.

—¡Y ahí está su suministro de agua! —dijo la muchacha dirigiéndose hacia una bomba grande de hierro.

Tom sacó las cantimploras para rellenarlas mientras Elena le daba a la manivela de la bomba.

—No funciona —dijo.

Tom también lo intentó, pero estaba atascada y no salía agua.

En la plaza se hizo el silencio. Los campesinos dejaron de cantar e hicieron una cola cerca del caldero. «Qué raro —pensó Tom—. Parece que ninguno nos ha visto.» Una persona alta que vestía una túnica larga y oscura empezó a servir una especie de guiso en los cuencos de la gente.

—La cosecha está podrida y no tienen agua —dijo Tom mirando a su alrededor—. Con razón tienen que hacer cola para comer. —Le rugió el estómago—. Pero nosotros también deberíamos comer o no conseguiremos terminar nuestra Búsqueda.

Se acercaron a la gente. El último de

la cola era un hombre delgado que tenía la cara cubierta por la capucha de su túnica. El hombre se tambaleó hacia atrás, chocó con Tom y casi lo derriba. Sin pedir perdón ni decir una sola palabra, se volvió a enderezar.

—Ni siquiera ha mirado hacia atrás —susurró Elena.

Plata olfateó las túnicas de los campesinos. De pronto, se le erizó el pelo del lomo y empezó a gruñir.

—Tranquilo, muchacho —dijo Elena—. No hace nada —le dijo a una mujer que tenía cerca. *Plata* se alejó y se puso cerca de *Tormenta*.

Tom y Elena llegaron al final de la cola y esperaron ansiosamente a que llenaran sus cuencos con el guiso humeante.

El hombre alto que tenía el cucharón no era tan flaco y encorvado como el resto de los campesinos. Su túnica era de un material fino con piedras brillantes. Le pasó un cuenco a Elena y ésta lo olió hambrienta.

—¡Huele delicioso! —dijo.

El hombre se agachó para servir más comida y Tom vio que tenía los brazos muy musculosos.

Cuando el chico alargó la mano para que llenara su cuenco, oyó un rugido muy fuerte. ¡Era *Plata*! El lobo pegó un salto y le quitó a Tom el cuenco de las manos. Después enseñó los dientes y se lanzó contra el hombre de la túnica.

Éste retrocedió y tiró el cucharón al suelo. Se le cayó la capucha, revelando una melena pelirroja. A Tom se le heló la sangre cuando reconoció la cara cruel que tenía delante.

«¡Velmal!»

CAPÍTULO TRES

UN PUEBLO ENVENENADO

El brujo echó la cabeza hacia atrás y soltó una carcajada.

—Tu amiga tiene mucha hambre, Tom —se burló.

Elena tenía el cuenco en los labios.

—¡No lo comas! —gritó el muchacho arrancándoselo de las manos. El guiso salpicó en el suelo—. Está envenenado. Velmal está destruyendo las cosechas y envenenando a toda la gente del pueblo con la comida. Por eso se portan así.

Elena se acercó a Tom y puso una flecha en su arco. Tom desenvainó la espada. Los campesinos no se movieron.

Los ojos del brujo brillaban.

—¡Qué listos sois! —se burló. Levantó su túnica y la movió en el aire. Tom sintió que algo le arrebataba la espada de la mano: era la magia de Velmal. Su espada cayó en la plaza haciendo ruido.

—¡No! —gritó Elena al notar que a ella también le quitaban el arco y las flechas. Volaron por el aire durante un momento antes de que una fuerza invisible los hiciera salir disparados.

Velmal sonrió.

—Tengo el pueblo totalmente bajo mi control —dijo—. ¡Y pronto lo estará también el resto de Kayonia!

A Tom se le puso la cara roja de rabia.

—¡Nunca! —amenazó—. ¡Estamos con la reina guerrera y te venceremos!

Salió corriendo para recuperar su espada y apretó el puño en la empuñadura.

Una sonrisa cruel se dibujó en la cara de Velmal.

—¿Es que piensas que me puedes ganar? —dijo—. Recuerda: la Maestra de las Fieras ya ha caído presa bajo mi mando.

A Tom le latía el corazón con fuerza.

—¡No hables de mi madre así! —gritó apuntando con el filo de su espada al corazón del brujo—. ¡Te reto a enfrentarte conmigo en una batalla, Velmal!

El brujo entornó los ojos hasta que sólo eran unas hendiduras.

—Así que te atreves a retarme... —murmuró. Se volvió hacia los campesinos y levantó un brazo.

—¡Despertaos, esclavos! —gritó Velmal. Al oír su dura voz, los campesinos movieron la cabeza. De pronto, todos se volvieron hacia Tom.

Tom tragó saliva y se le puso la carne de gallina al ver las caras pálidas de los campesinos, con sus ojos vacíos, sin pupilas, de un color azul intenso.

—¡Tu maldad no tiene límite, ¿verdad, Velmal?! —gritó.

El brujo soltó una carcajada, le dio la espalda a Tom y se alejó.

—¡Detente! —exclamó el muchacho. Salió corriendo tras él y levantó la espada para darle un golpe en la cabeza. Velmal se echó a un lado, esquivándolo, y levantó la mano.

—¡Tom, cuidado! —le avisó Elena.

Una corriente de aire movió el pelo de Tom y tiró de su ropa. ¡Lo estaba empujando hacia atrás! Tom luchó contra el vendaval e intentó correr detrás de Velmal usando todas sus fuerzas para alcanzar al brujo.

Velmal movió la muñeca. Esta vez sorprendió a Tom cuando estaba en medio de un salto. Se quedó congelado en el aire, colgando como una marioneta.

«¡Tengo que liberarme!», pensó el chico. Se concentró en sus brazos e hizo un gran esfuerzo para moverlos. Consiguió hacerlo sólo un poco en uno, pero el dolor de sus músculos era agonizante. Tenía la cara empapada de sudor por el esfuerzo. Era inútil. Estaba atrapado en el maleficio de Velmal.

—¡Qué patético! —dijo el brujo riéndose a carcajadas.

Tom se retorcía inútilmente en el aire. Velmal se dio media vuelta con una sonrisa burlona y desapareció.

Tom cayó de rodillas y apretó los dientes al sentir un dolor intenso. Después buscó a sus compañeros. Oyó un grito de Elena.

—¡Atrás! —gritaba.

Los campesinos habían rodeado a Ele-

na y a los animales, y los miraban fijamente con sus ojos vacíos y azules. Elena había conseguido recuperar su arco y sus flechas.

Tom corrió a ayudarla, pero un hombre fornido lo agarró por el hombro.

—¡Detente, traidor! —dijo con voz profunda.

Tom le apartó la mano.

—No soy un traidor.

El hombre le clavó la mirada con su expresión vacía.

—Has cometido un delito contra nuestro soberano —afirmó.

Tom no quería usar su espada. Ese hombre no era su enemigo.

—¡Te equivocas! —dijo—. Estamos del lado de la reina guerrera.

Se oyó un murmullo de rabia entre la multitud. Algunos hombres y mujeres hablaron entre ellos. Elena se movía de un lado a otro mientras los campesinos la rodeaban, cada vez más cerca. *Plata* ladraba con furia cerca de sus pies.

El hombre volvió a hablar.

—Nosotros no reconocemos a ninguna reina. ¡Velmal es nuestro salvador!

Los campesinos empezaron a entonar

un cántico al oír el nombre del brujo.

—¡Velmal! ¡Velmal!

Tom intentó explicarles lo que pasaba.

—Velmal no es vuestro salvador —le dijo—. Es malvado y os ha hechizado a todos...

Pero nadie lo escuchaba. *Tormenta* empezó a relinchar y a levantarse sobre las patas traseras cuando uno de los campesinos cogió sus riendas.

Tom consiguió liberarse del hombre que lo tenía atrapado, pero otro campesino le puso la zancadilla y el chico salió rodando por el suelo. Antes de que se pudiera levantar, una mano lo agarró por el cuello de la túnica y otro le quitó la espada de la mano.

—¡Traidor! ¡Traidor! —gritaba la multitud.

—¡Tom! —dijo Elena desesperadamente.

Un campesino fornido que llevaba

una túnica marrón había agarrado a la muchacha por el pelo y le estiraba la cabeza hacia su pecho.

A Tom se le heló la sangre al ver que el hombre tenía un cuchillo oxidado y se lo ponía a su amiga en el cuello.

CAPÍTULO CUATRO

EL CALABOZO

Elena tenía miedo.

—¡Suéltala! —gritó Tom.

Plata se lanzó hacia el hombre que agarraba a Elena, pero éste le pegó una patada y puso a la muchacha por delante para protegerse del lobo.

Tom intentaba deshacerse del hombre que lo tenía sujeto mientras éste lo arrastraba por la plaza del pueblo. Consiguió darle una patada en la rodilla y el hombre cayó al suelo dando un grito.

Pero antes de que Tom pudiera escapar, cuatro hombres lo agarraron por los brazos.

—¡Soltadme! —gritó él intentando liberarse.

—¡A la cárcel! —dijo el que tenía a Elena, con un brillo siniestro en sus ojos azules—. ¡Dejadlos que sufran con los otros que intentaron conspirar contra Kayonia! —Bajó la mano con la que sujetaba el cuchillo y empujó a Elena para que avanzara.

—¡Oye! —gritó Tom.

Los campesinos arrastraron a Tom y a Elena hasta el otro lado de la plaza. Tom luchaba por soltarse, pero lo tenían sujeto demasiadas manos. Sentía los dedos que le apretaban los brazos y le magullaban la piel. A través de la multitud vio el destello de su espada que brillaba bajo la luz del sol, cuando uno de los habitantes de Kayonia la cogió y se la llevó con el resto de sus armas.

Elena daba patadas, gritaba e intentaba defenderse, pero las personas que la habían atrapado eran demasiado fuertes y se movían con determinación. *Plata* ladraba con furia, pero no conseguía acercarse; cojeaba un poco por la patada que le habían dado.

Cuando uno de los campesinos se acercó, el lobo gruñó y huyó corriendo, desapareciendo entre la hierba.

Otros dos hombres llevaron a *Tormenta* a los establos. El caballo relinchaba y movía salvajemente la cabeza, pero sabía muy bien que era inútil luchar.

A Tom le dio la sensación de que los llevaban, a él y a Elena, hacia los silos subterráneos de grano, que tenían una reja de hierro resistente en la entrada.

Una mujer con una túnica gris sacó

una llave grande de hierro, la metió en la cerradura y abrió la puerta. De la fosa que había debajo salió una ráfaga de viento frío y húmedo.

Tom se sintió descorazonado al ver el foso.

—¡Metedlos dentro!

Alguien empujó a Tom hacia la oscuridad, y el chico aterrizó en el suelo duro de piedra haciéndose daño en las manos y las rodillas.

—¡Ay! —gritó Elena al aterrizar a su lado. Por encima de ellos oyeron cómo se cerraba la reja de hierro. Tom intentó mirar en la oscuridad y notó el aire frío y húmedo en la cara.

Oyó la respiración de Elena y un ruido de algo que se movía un poco más lejos. Instintivamente, hizo las manos un puño. ¡No estaban solos en el calabozo!

—¿Quién anda ahí? —preguntó.

—¡Ja! —Una risa siniestra hizo eco en las piedras.

Tom parpadeó, intentando ver algo. Al cabo de un rato, pudo distinguir las paredes de una cámara redonda. Vio la cara de su amiga como un óvalo pálido en la penumbra. Elena le puso la mano en el hombro y señaló la pared.

—¡Allí!

Tom se volvió y vio a cuatro hombres harapientos, con barba y el pelo largo. El blanco de sus ojos brillaba entre las sombras.

—Tienen los ojos normales, no como los campesinos hechizados —susurró Tom.

—¿Qué miras? —gruñó uno de ellos.

Los prisioneros llevaban unas túnicas andrajosas y rotas. Tenían los miembros escuálidos y sucios. El hombre que había hablado se puso de pie. Era alto y de hombros anchos, y tenía una expresión hostil en la cara.

Tom se agachó, listo para defenderse.

—No somos enemigos —dijo.

—¿Por qué íbamos a confiar en vosotros? —dijo el hombre alto—. ¿Y cómo vamos a sobrevivir ahora que hay dos bocas más que alimentar?

Otro prisionero habló.

—Todo lo que tenemos es pan y el agua de lluvia, y ni siquiera nos da con eso —dijo antes de empezar a toser.

—No queremos vuestra comida —dijo Tom—. Tenemos que salir de aquí.

El tercer prisionero se rio.

—No hay salida —explicó—. Os pudriréis aquí como el resto.

Tom se acercó a la pared de la fosa. Pasó las manos por la superficie, pero no había ningún lugar donde agarrarse. Las piedras suaves estaban muy bien encajadas y cubiertas de un musgo resbaladizo.

Elena le pasó algo.

—Saqué esto de las alforjas de *Tormenta* antes de que me atraparan —dijo. Eran los guantes de telaraña que había encontrado Tom en Gwildor antes de enfrentarse a *Rok*, la montaña andante, en una de sus Búsquedas de Fieras.

Tom recuperó la esperanza. Se puso los guantes pegajosos y se sujetó a la pared.

Empezó a trepar, rápido como una araña. ¡La magia funcionaba! Pero al intentar sujetarse a una de las piedras resbaladizas, le invadió una sensación de indecisión y el guante se despegó lentamente de la pared.

—¡No! —gritó Tom al caer de nuevo al suelo. Se miró las manos e inspeccionó los guantes dando un suspiro.

Elena se arrodilló a su lado.

—¿Qué ha pasado? —preguntó.

—¿No te acuerdas? —contestó Tom—. Mi esmeralda tampoco funcionó al intentar curar a los caballos durante la última Búsqueda. Kayonia no es un reino como Avantia o Gwildor. Aquí la magia no es tan fuerte.

—Ya te hemos dicho que no hay salida —dijo desesperado el hombre alto con su voz profunda—. Ninguno de nosotros ha sido capaz de encontrar la manera de salir de aquí.

Tom observó las caras pálidas y flacas de los prisioneros.

—¿Por qué estáis aquí? —preguntó.

—Yo robé una vaca para que mi familia tuviera leche y no muriera de hambre —contestó el hombre entre toses.

—¡Era robar o morir! —dijo otro—. Velmal y sus Fieras han destruido nuestras granjas y nuestras cosechas.

Por la manera en que los huesos se les marcaban debajo de la piel, Tom sabía que los prisioneros habían pasado hambre mucho antes de que los encarcelaran. La maldad de Velmal los había forzado a cometer crímenes para sobrevivir.

—¿Y tú también estás aquí por culpa de Velmal? —le preguntó Elena al hombre alto.

—Yo soy de un reino llamado Gorgonia —contestó—. Otro brujo malvado me echó de mi propio reino y me trajo hasta aquí.

«¡Malvel!», pensó Tom, temblando al recordar a su viejo enemigo y el Reino Oscuro. Aquel prisionero debía de ser uno de los rebeldes del bosque de Gorgonia que habían luchado contra Malvel. ¿Estaría ahora dispuesto a ayudarlos?

La luz gris que se filtraba por la reja de hierro era cada vez más débil; el sol ya se estaba poniendo. Pronto no podrían ver absolutamente nada.

—¡Tenemos que salir de aquí! —dijo Tom—. Debemos vencer a la Fiera y encontrar el siguiente ingrediente.

El hombre de Gorgonia negó con la cabeza.

—¿Cómo vas a hacerlo? Estás aquí encerrado y la llave está en algún lugar ahí afuera —dijo.

Tom estaba desesperado. Entonces, uno de los prisioneros empezó a silbar en la oscuridad cada vez más intensa. El sonido le dio una idea a Tom.

—¡Oye! —le susurró a Elena—. Creo que hay una manera de salir de aquí.

CAPÍTULO CINCO

PLATA AL RESCATE

—¿Cómo? —preguntó Elena mirando al hombre de Gorgonia—. Él tiene razón. Necesitamos la llave. Levántame, Tom. Voy a intentar ver dónde está y a lo mejor se nos ocurre algo.

Tom se arrodilló y Elena se subió a sus hombros sujetándose a sus manos y moviéndose lentamente. Las barras de la reja estaban muy altas. Elena soltó las manos de Tom y alargó las suyas, tambaleándose peligrosamente.

—No llego —dijo.

—Vamos a hacer una pirámide humana —dijo el chico—. Necesitamos una base fuerte.

El rebelde de Gorgonia se acercó. Se puso a cuatro patas y Tom se subió a su espalda. Después, Elena se volvió a subir a los hombros de Tom. Ahora estaba justo debajo de la reja.

—¿Ves algo? —preguntó Tom.

Elena se asomó.

—Las tres lunas están brillando —le informó—. ¡Veo la llave! Hay un guardia durmiendo en el suelo y la tiene en la mano. Es imposible llegar a ella.

—No, no lo es —dijo su amigo pensando rápidamente—. Ésta es una misión para un lobo...

A Elena le brillaron los ojos.

—¡Claro! —Lanzó su silbido especial

para llamar a su fiel mascota—. Espero que no haya ido muy lejos.

Esperaron un rato, pero no pasó nada. Elena volvió a silbar.

—¡Sigue intentándolo! —dijo Tom sujetando los pies de la muchacha. Su peso se le clavaba en los hombros. Se obligó a no mover ni un músculo mien-

tras trataba de mantener el equilibrio sobre la espalda del rebelde de Gorgonia.

El hombre gruñó.

—Es muy difícil aguantar el peso de los dos —dijo.

Los otros prisioneros se acercaron.

—Nosotros estamos muy débiles por no haber comido en tanto tiempo —explicó el hombre que tosía—, pero intentaremos ayudar.

Los dos hombres sujetaron a Tom y a Elena, aliviando un poco el peso que ponían sobre la espalda del de Gorgonia.

Tom oyó el ruido de unos pasos que se acercaban corriendo hacia ellos.

—¡Qué listo eres! —susurró Elena cuando vio a *Plata* encima de la reja, con las patas encima de las barras de hierro.

Tom vio que *Plata* tenía en el cuello un trozo de cuerda gruesa con el extremo roto.

—La ha mordido —dijo Elena metiendo la mano entre las barras para acariciar la cabeza del lobo. Después se volvió hacia Tom—. ¿Qué hago?

—Espera y prepárate —dijo el chico.

Al ver a su dueña encerrada, el lobo empezó a ponerse nervioso. Gruñó y comenzó a arañar las barras de hierro.

—¿Qué hace? —dijo el de Gorgonia mientras los gruñidos de *Plata* se hacían más altos y desesperados—. Va a despertar al guardia.

En la boca de Tom se dibujó una débil sonrisa.

—Exacto.

El guardia se despertó gruñendo y murmurando algo. Miró confundido en dirección a la fosa. Se levantó y se acercó, dando gritos de rabia.

—¡Cállate, chucho asqueroso! ¡Largo de aquí!

«Espera», se dijo Tom a sí mismo al

ver al guardia acercarse a la fosa. El hombre estaba tan concentrado en el lobo que no vio a los dos amigos asomados por debajo de la reja.

Plata siguió gruñendo y arañando las barras y haciendo todo lo que podía para intentar liberar a su dueña.

—¡Largo! —dijo el guardia—. ¡Fuera!

—¡Ahora! —gritó Tom. Elena metió la mano entre las barras y agarró al guardia por los tobillos. Sorprendido, el hombre lanzó un grito de terror, perdió el equilibrio y se dio un golpe sordo en la cara con las barras de hierro.

—¡Se ha desmayado! —exclamó Elena.

—Bien —oyó Tom que decía el de Gorgonia—. Coge la llave y abre la puerta. ¡No podemos aguantar mucho más!

Elena le quitó la llave al guardia y la metió en la cerradura. Tuvo que usar ambas manos para hacer girar la enorme llave y puso una mueca de horror cuando el mecanismo del cerrojo chirrió. No podían dejar que los oyeran los otros guardias.

—¡¿Quién anda ahí?! —gritó una voz.

Tom oyó unas pisadas que se acercaban.

«Oh, no», pensó.

Plata aulló y salió corriendo. Un momento más tarde, Tom oyó la misma voz que gritaba:

—¡Un lobo! ¡Fuera de aquí!

—Qué listo es —dijo Elena—. Está distrayendo al guardia y llevándoselo lejos.

Tom le sonrió.

—Lo has adiestrado muy bien.

Aprovechando que no había nadie cerca, Elena empujó la puerta y la abrió.

Subió a la superficie, cogiendo grandes bocanadas de aire fresco. A lo lejos, vio la plaza silenciosa del pueblo bañada en la luz de la luna.

Elena se asomó por el borde de la fosa y ayudó a Tom a salir. Entre los dos, auxiliaron a los otros prisioneros para que salieran uno a uno. Al último lo tuvieron que sacar con una cuerda que Elena había encontrado en un pozo cercano. Dos de los prisioneros se abrazaron y saltaron, tapándose la boca para evitar dar gritos de alegría.

Tom se puso en cabeza y llevó al grupo hacia la plaza. Avanzaban arrimados a la pared de una de las casas, escondidos entre las sombras.

Cerca de allí, los maizales brillaban bajo la luz de la luna. El olor a podrido flotaba en la brisa nocturna. Los prisioneros se quedaron pegados a Tom y a Elena. El de Gorgonia cogió al chico por el hombro.

—¿Por qué os habéis mirado tú y tu amiga cuando he mencionado Gorgonia? —le preguntó.

—Hemos estado allí —contestó Tom.

El hombre parecía sorprendido.

—Malvel tiene a Gorgonia atrapada bajo su maleficio. Yo fui el único que pudo salir de allí con vida —dijo.

Tom sabía que el hombre debía de estar recordando sus horribles batallas contra Malvel.

—En tu reino todo ha vuelto a la normalidad —le explicó Tom—. Malvel ha sido derrotado.

El hombre soltó el hombro del muchacho y en su cara se dibujó una expresión de felicidad.

—Qué buenas noticias —dijo. Después frunció el ceño y añadió—: Pero aquí, en Kayonia, el poder de Velmal cada vez es más fuerte. Pronto conseguirá convertirse en el jefe supremo.

—No si puedo evitarlo —convino Tom.

El hombre de Gorgonia le dio la mano.

—Suerte.

Los otros prisioneros se movían impacientes.

—No deberíamos quedarnos aquí —le dijo uno—. Tenemos que ir a los campos de cultivo.

—¡Venid con nosotros! —dijo otro tocándole el brazo a Tom—. Nos habéis ayudado. Dejad que ahora os ayudemos a vosotros.

Tom negó con la cabeza.

—Seguid a vuestra líder, la reina guerrera —dijo—. Ayudadla a vencer el peligro que acecha vuestra tierra.

Los prisioneros murmuraron algo entre ellos. Parecían asustados.

—Podéis confiar en nosotros —dijo Tom—. Queremos que Velmal sea destruido y que Kayonia vuelva a ser libre. Vuestra reina necesita toda la ayuda que le podáis dar.

Los hombres asintieron. Agradecidos, estrecharon la mano a los dos amigos y después se alejaron hacia los campos de cultivo.

—¿Qué pasará si Velmal los atrapa? —susurró Elena mientras los harapientos prisioneros desaparecían.

—No lo sé —contestó Tom—. Si descubre que se han escapado, nosotros también estaremos en peligro.

—Entonces tenemos que encontrar a *Plata* y a *Tormenta* cuanto antes —dijo Elena.

Tom observó la plaza iluminada por la luz de la luna. No se veía ninguna señal de vida, pero el sol podía salir en cualquier momento y, entonces, los campesinos los verían y los atacarían.

—Tenemos que encontrar nuestras armas —dijo—. Sin ellas, no podremos vencer a la Fiera.

CAPÍTULO SEIS

PELIGRO EN LOS MAIZALES

Elena señaló hacia delante, a un edificio bajo que había a un lado de la plaza. En la pared tenía unos ganchos de los que colgaban unos arneses.

—Parece un establo —dijo.

Mientras se acercaban al edificio, Tom oyó un débil relincho que venía del interior.

—*Tormenta* —susurró empujando la

desvencijada puerta de madera. Dentro del edificio había un pasillo largo y una fila de establos de madera.

El caballo relinchó de nuevo y Tom corrió hacia el sonido. *Tormenta* estaba atado en uno de los establos. Tom soltó la cuerda y la amarró al comedero.

—Te vamos a sacar de aquí ahora mismo —dijo mientras el caballo le frotaba la nariz en el brazo.

Un montón de paja apilada que había en una esquina se movió. De pronto apareció el hocico de *Plata*. Allí era donde se había escondido cuando salió huyendo del segundo guardia. El lobo saltó hasta su dueña y le lamió las manos. Después empezó a escarbar en la paja.

—Ha encontrado algo —dijo Elena mientras *Plata* sacaba con las patas una pieza larga de metal.

—¡Mi espada! —gritó Tom. Cogió su arma y se la puso en la cintura—. Menos mal que en este pueblo no hay armería. Esto les debió de parecer el mejor sitio para esconderla.

—Hemos tenido suerte, para variar —dijo Elena.

Plata siguió escarbando. Pronto desenterró el escudo de Tom. Después Elena se agachó y sacó su arco y su carcaj de debajo del comedero.

Se pasó el carcaj por encima del hombro.

—Ya podemos seguir la Búsqueda.

—Y ahora es más importante que nunca —añadió Tom—. Mira lo que les está haciendo Velmal a los habitantes de este reino.

Los cuatro salieron del establo. Cuando Tom empujó la puerta rechinante de madera, un rayo brillante de luz le dio en los ojos. El sol ardiente de Kayonia se elevaba sobre los tejados de las casas. ¡La gente se estaba despertando!

Tom vio que ya se acercaban dos hombres. Uno llevaba una horca grande con tres pinchos peligrosos. El otro, una guadaña afilada. Al ver a Tom pegaron un grito.

—¡No tenéis salida! —gritó uno.

Los hombres corrieron hacia ellos. Uno movió la guadaña hacia las piernas de Tom, el otro se lanzó hacia Elena con su horca.

Tom pegó un gran salto en el aire y el filo asesino de la guadaña silbó por debajo de sus pies.

Elena se tiró al suelo. Los dientes de la horca le pasaron por encima y se clavaron en un pilar de madera. Su enemigo tiró del mango para sacarlo. Elena rodó hacia él, lo sujetó por las piernas y lo tiró al suelo.

Tom esquivó otro ataque de la guadaña. La hoja era tan larga que no podía alcanzar al hombre con su espada.

Se oyó un fuerte ladrido y *Plata* se puso al lado de Tom. Tenía el pelo del lomo erizado y gruñía furioso.

El campesino le clavó la mirada de sus ojos azules al lobo. *Plata* siguió gruñendo y se mantuvo firme. Cuando el campesino volvió a levantar la guadaña para atacar a *Plata*, Tom saltó por detrás y lo golpeó con la empuñadura de su espada en el cuello. El hombre se cayó al suelo y tiró su arma. Ahora, los dos campesinos yacían inconscientes en tierra.

—No debemos hacerles más daño —dijo Tom—. Nos atacaron sólo porque Velmal los ha hechizado.

Elena corrió al establo y desató tres tiras largas de cuero de la pared. Usó una para atar las manos de los hombres detrás de la espalda y le dio la otra a Tom.

—No queremos que empiecen a gritar pidiendo ayuda —dijo Elena—. Voy a buscar algo para amordazarlos.

—Buena idea —convino Tom. Mientras él ataba a los prisioneros, Elena volvió al establo y encontró un trapo viejo. Lo partió en dos y usó cada trozo para taparles la boca a los prisioneros.

Metieron a los dos hombres amordazados en el establo y Tom y Elena se dirigieron a los campos de cultivo con *Tormenta* y *Plata* pisándoles los talones. Avanzaron entre las apestosas plantas de maíz podridas. Tom tropezó con un trozo grande de metal oxidado.

—Es un apero de labranza —dijo—, como los arados que usan los granjeros en mi pueblo, pero éste está mellado y no sirve para nada.

—Hay herramientas rotas por todas partes —comentó Elena. Azadas, palas y horquillas yacían abandonadas y cubiertas de óxido.

Lo único que parecía funcionar era el molino. Sus aspas giraban suavemente a pesar de que no soplaba el viento.

El hedor a podrido se hacía cada vez más fuerte y se le metía a Tom por la nariz, haciendo que la cabeza le diera vueltas.

—Viene de ahí —aclaró Elena.

—A lo mejor es también parte del plan

de Velmal —dijo el chico tapándose la nariz con la mano—. Es una buena manera de mantener alejados a los intrusos. A mí me marea.

Elena asintió.

—A mí también —afirmó frotándose la frente.

—No deberíamos quedarnos aquí —le dijo Tom. Miró a su alrededor, a los maizales ennegrecidos y los aperos oxidados que yacían inútilmente en el suelo—. Este olor maldito ayuda a Velmal a hechizar a los campesinos y lo está destruyendo todo, no sólo las cosechas, sino también las herramientas.

Los dos amigos continuaron metiéndose entre la cosecha podrida.

—¿Qué ha sido eso? —preguntó Elena deteniéndose de pronto.

Se oyó un crujido entre los maizales, como si fuera un ejército de criaturas en un desfile.

Tom se quedó boquiabierto al ver una rata grande que se alzaba sobre sus patas traseras y lo miraba con sus ojos rojos haciendo chasquidos con la boca. Entre las plantas de maíz salieron tres ratas más que se unieron a la primera.

«¡Están llamando a las demás!», pensó Tom.

Una marabunta de ratas apareció entre el maíz, como un torrente oscuro y chirriante. Parecían estar hambrientas y enseñaban los dientes, mientras sus agudos chillidos resonaban como cientos de chirridos de puertas oxidadas.

CAPÍTULO SIETE

EL EJÉRCITO DE ROEDORES

Tom nunca había visto tantas ratas juntas. Se movían entre las plantas podridas, avanzando rápido hacia ellos.

—¡Qué asco! —gritó Elena. Las ratas le rodearon los pies y los tobillos.

Tom notó un pequeño mordisco en la parte de atrás de su gemelo.

—¡Ay!

Las ratas le subían por las piernas, agarrándose a su ropa y al torso. «Son más grandes que las ratas del calabozo del rey Hugo», pensó.

Sintió sus garras que se le clavaban en la carne y sus barrigas calientes y peludas que le hacían cosquillas en la piel. Sus bigotes temblaban al oler el aire. Una rata abrió la boca y le clavó sus dientes amarillos en el hombro.

—¡Largo! —gritó Tom con rabia, dando un manotazo a la rata. Dos regueros de sangre le mancharon la ropa mientras el animal salía disparado por encima del maíz.

Tormenta agitaba la cola para intentar apartar a una rata que tenía enganchada. Daba coces para espantar a las horribles criaturas. *Plata* mordió con sus fuer-

tes mandíbulas a otra y después a otra, y las lanzó lejos en el aire.

Pero nada las detenía. Cada segundo que pasaba aparecían más ratas entre el maíz. En cuanto Tom conseguía quitarse una de en medio, dos más le saltaban encima.

—¡Esto quiere decir que la rata monstruosa anda muy cerca! —gritó.

Elena no contestó. Se le había subido un roedor al hombro y le mordía la oreja. La cogió por la cola y la sujetó todo lo lejos que pudo. El animal colgaba boca abajo y movía sus largos bigotes.

—¡Son asquerosas! —dijo lanzándola hacia el maíz.

De pronto, las ratas dejaron de chillar y desaparecieron tan rápido como habían aparecido.

Elena miró a su alrededor.

—¿Por qué se han ido? —preguntó.

—No lo sé —dijo Tom, intranquilo—.

A lo mejor se han apartado para dejar paso a algo más grande.

—Vamos a mirar el mapa —dijo Elena.

Tom sacó el amuleto.

—Estamos aquí —dijo la muchacha señalando su posición en el mapa en medio de las cosechas.

Vieron una sombra amenazante que se movía por la superficie del amuleto.

—¡Es *Muro*! —exclamó Tom.

La Fiera se desplazaba haciendo círculos a su alrededor. Todavía estaba un poco lejos, pero se acercaba cada vez más con cada vuelta que daba. Tom observó los campos de cultivo, intentando localizarla, pero las densas plantas de maíz bloqueaban la vista.

—Tengo que subir más alto —dijo.

Tormenta estaba cerca. Tom se agarró a la silla y se puso de pie encima de los estribos.

—¿Ves algo? —preguntó Elena.

Tom estiró el cuello para ver mejor. Lo rodeaba un océano dorado de campos de cultivo. En algún lugar, escondida entre las mazorcas de maíz, estaría acechando la rata monstruosa; ahora ya tenía que estar muy cerca. *Plata* gruñó suavemente y Tom vio que el lobo levantaba el hocico para olfatear el aire.

—Tenemos que prepararnos para la batalla —dijo Tom bajándose de la montura.

Necesitaban espacio para defenderse. Tom desenvainó la espada y empezó a cortar algunas plantas de maíz para hacer suficiente sitio y poder blandir su espada y que Elena pudiera usar su arco.

Una llamarada de calor brillaba sobre la cosecha. Tom se detuvo para quitarse el sudor de la frente. Cuando estaba a punto de seguir cortando las plantas, se oyó un chillido salvaje en el aire. El suelo tembló con un ruido rítmico de patas pesadas. Un olor a humedad, como si algo se hubiera dejado pudrir durante años, se coló en el claro que acababa de hacer el muchacho.

Tom oyó un chillido espantoso. Estaba seguro de que era la Fiera jadeando. Algunas plantas se movieron como si las agitara un vendaval.

Elena puso una flecha en su arco y Tom levantó la espada. Cuando el inmenso cuerpo de *Muro* apareció en el claro, *Tormenta* se alzó sobre sus patas traseras y saltó hacia un lado, desapareciendo entre el maíz. *Plata* lo siguió, con el pelo del lomo erizado.

La Fiera se quedó inmóvil. Se agachó delante de Tom y arañó el suelo con sus garras retorcidas. De su horrible cara de rata salían dos colmillos afilados y mortales hacia delante. El pelo de su lomo arqueado estaba sucio y tenía calvas, en las que se podía ver su piel arrugada. De sus mejillas escamosas salían unos bigotes duros como alambres.

Tom tembló. La rata monstruosa soltaba babas por la boca. Allí donde caía su saliva venenosa, se disolvía la vegetación y se convertía en un líquido apestoso y negro. Tom miraba horrorizado mientras la Fiera echaba su aliento apestoso en el claro.

En la parte de atrás de su cuerpo tenía una cola rosa y calva que se movía como si tuviera vida propia. En la base de la cola se veía una banda verde que parecía un anillo de jade.

«¡Ése debe de ser el ingrediente que necesito!», pensó Tom. Volvió a recuperar el valor al darse cuenta de que si conseguía ese anillo, estaría un paso más cerca de salvar a su madre.

Muro tenía el anillo clavado en la piel. Estaba tan apretado que el muchacho sabía que para conseguirlo iba a tener que cortarle la cola.

La Fiera soltó un chillido agudo. El sonido se le clavó a Tom en los tímpanos haciendo que se estremeciera. Las plantas de maíz se cayeron como si hubiera pasado un huracán por encima. En ese momento, *Muro*, la rata monstruosa, atacó.

CAPÍTULO OCHO

A MERCED DE LA FIERA

Elena levantó el arco y le disparó una flecha a la Fiera, pero la punta rebotó en su grueso pelaje.

—¡Apártate! —gritó Tom, intentando que su voz se oyera por encima de los chillidos del monstruo. Buscó con la mirada a *Tormenta* y a *Plata*, pero habían desaparecido entre el maíz.

Saltó hacia un lado empujando a Elena con él. *Muro* saltó entre la cosecha y consiguieron esquivar el ataque justo a tiempo, pero uno de sus bigotes duros como alambres le arañó la cara a Tom.

—¡Tom, estás herido! —exclamó Elena.

El chico se tocó la mejilla y vio que tenía la mano cubierta de sangre.

—Esos bigotes son afilados como cuchillos —dijo.

De nuevo se hizo el silencio en el maizal. Era como si *Muro* nunca hubiera estado allí.

—¿Dónde se ha metido? —preguntó Elena con el arco y la flecha listos para disparar—. No sé adónde apuntar.

Antes de que Tom pudiera contestar, se oyó otro chillido ensordecedor. *Muro* salió como una explosión entre el maíz, derrumbó a Tom y lo hizo rodar por el suelo. El muchacho levantó el escudo para protegerse.

La garra de *Muro* chocó contra el escudo dejando a Tom sin respiración. La Fiera intentaba aplastarlo, pero el escudo resistió firmemente el ataque.

Muro se retiró haciendo temblar la

tierra. Tom se sentó. La cabeza la daba vueltas del impacto. No había ninguna señal de la Fiera.

—*Muro* está jugando con nosotros —dijo mientras se levantaba—. Actúa como un gato y nosotros somos los ratones.

En cualquier momento podía atacar de nuevo. Tom volvió a colocarse el escudo en el brazo y apretó con fuerza la empuñadura de su espada. Las plantas de maíz se movieron. *Muro* salió corriendo más rápido que nunca, pero Tom estaba preparado. Se apartó del camino de la Fiera y, rápido como un rayo, blandió la espada y le cortó uno de sus bigotes.

Muro no aminoró la marcha y volvió a desaparecer. El bigote aterrizó y se quedó plantado en la tierra. Elena se acercó a cogerlo.

—Creo que lo puedo usar —dijo.

—Cúbrete la mano con una tela —dijo Tom.

Elena se tapó la mano con la bufanda y desclavó el bigote afilado de la tierra. Lo metió en su carcaj con el resto de las flechas. Después se escondió en el maizal.

La tierra empezó a temblar. La rata monstruosa salió disparada hacia el claro, con las babas cayéndole entre los afilados colmillos. Levantó la tierra negra con las garras al atacar a Tom y derrumbarlo en el suelo. El chico intentaba alejarse. De pronto, oyó la voz de Elena.

—¡Voy a distraer a la Fiera! —dijo—. Si conseguimos que se ponga entre los dos, a lo mejor tenemos una oportunidad.

Desde su escondite en el maizal, Elena silbó muy alto. La rata monstruosa se volvió hacia el sonido. Retorcía la nariz y sus bigotes afilados temblaban mientras salía a la caza de Elena.

Tom se arrastró tan rápido como pudo por el barro hasta llegar a una de las profundas acequias de riego. El agua fangosa era repugnante. Tom aguantó la respiración e intentó no toser mientras el olor apestoso le llenaba los pulmones.

Desde el borde de la acequia veía el arco de Elena asomado entre las plantas de maíz. Su amiga volvió a silbar. Cuando *Muro* la atacó, Elena levantó el arco y disparó, pero en lugar de una flecha, lo que disparó fue el bigote. La Fiera lanzó un grito agonizante cuando el dardo se le clavó en un costado.

Tom se levantó, cubierto de lodo apestoso, y salió de la acequia chapoteando en el barro.

Muro se dio la vuelta al oírlo.

A Tom se le encogió el estómago. Había llegado el momento de cortarle la cola a *Muro* y conseguir el anillo.

—Mientras la sangre corra por mis venas, ¡te venceré! —gritó.

La rata monstruosa mostraba sus dientes afilados y le salía saliva de la boca.

—¡Cuidado! —gritó Elena puso una flecha en su arco y disparó. La flecha rebotó en el costado de *Muro*.

Tom se quedó de pie a un lado del claro y se preparó para el ataque. Pero *Muro* dudó moviendo el hocico.

La Fiera se agazapó y se acercó por el claro. Sus colmillos letales estaban a tan sólo treinta centímetros de las piernas de Tom. En el momento en el que éste estaba a punto de clavarle la espada, la Fiera se detuvo por completo.

«¿Por qué no ataca? —pensó el chico—. ¡Estoy justo delante de ella!»

Muro parecía estar buscando algo.

Tom vio que sus ojos rojos estaban cubiertos de una lámina blanquecina. En su pueblo había un anciano que tenía un velo parecido en los ojos. Era ciego.

Tom movió la espada delante de la cara de *Muro,* pero la Fiera no se movió.

¡La rata monstruosa no veía!

CAPÍTULO NUEVE

BATALLA EN EL MOLINO

A Tom le latía el corazón con fuerza mientras avisaba a Elena con la mano. Se tapó los ojos y señaló a *Muro*, para indicarle que la Fiera era ciega. Elena asintió sin dejar de apuntarla con su arco.

Tom se arrastró de vuelta a la acequia dejando a *Muro* en el centro del claro, moviendo el hocico. «¿Por qué no me sigue?», se preguntó Tom al meterse en la acequia. El olor pútrido del agua estancada se le metió por la nariz.

¡Claro! Tenía la ropa cubierta de barro apestoso que tapaba su olor. La rata monstruosa seguía olisqueando en el borde del claro. Tom se arrastró hasta el lugar donde estaba Elena escondida.

—Rápido —susurró señalando una acequia—, ¡métete ahí!

Elena dudó.

—¡Huele asqueroso! —dijo.

—Precisamente por eso —susurró Tom—. Como yo estoy cubierto de ese barro repugnante, *Muro* no me puede encontrar.

Elena se metió en la acequia y se cubrió con el barro negro. La Fiera se alejó del claro, adentrándose en el maizal como si les estuviera dando caza. Tom y Elena salieron de la acequia con la ropa chorreando de agua y barro.

El maizal se movió haciendo un sonido que parecía un murmullo. A Tom le dio un vuelco el corazón. Se disponía a volver a meterse en la acequia cuando vio que *Plata* y *Tormenta* se asomaban cautelosamente entre las plantas.

Tom escuchó atentamente. No se oía a *Muro*.

—Voy a acercarme a la Fiera y quitarle el anillo de la cola —le dijo a Elena—. Sígueme y mantente alerta.

Avanzaron cautelosamente por encima de unos tallos secos de maíz. Pronto, Tom oyó el silbido de la respiración de la rata monstruosa. Empujó una planta a un lado y vio que *Muro* estaba a tan sólo unos pasos de él. La Fiera parpadeaba.

«Está confundida», pensó Tom, y sintió un poco de compasión por ella. Tom avanzó, se puso delante de la Fiera y vio su cola calva que estaba en el suelo como una serpiente. Se arrastró hacia allí, pero al hacerlo pisó encima de un tallo y se oyó un chasquido.

Muro giró la cabeza. La inmensa Fiera se lanzó hacia él, atravesando el maíz con su cuerpo roñoso.

¡Tom estaba atrapado! La Fiera lo embistió en el estómago. El chico pegó un grito y salió disparado por el aire. Aterrizó a horcajadas sobre la rata monstruosa, mirando hacia su cola.

La Fiera se movía como un toro salvaje. Tom le clavó los tobillos y *Muro* rugió de rabia. Dio una patada con sus patas traseras y el chico rodó por su lomo hacia el cuello. Después se alzó, levantando las patas delanteras y Tom rodó hacia la cola.

Entre una nebulosa, el muchacho vio que Elena preparaba su arco.

—¡Aléjate! —gritó Tom. La Fiera se volvió rugiendo de rabia al oír la voz del chico.

Tom se agarró con fuerza. Veía el anillo de jade. Lo tenía casi al alcance de la mano. Si conseguía cortarle la cola, el premio sería suyo; pero la Fiera se movía tan violentamente que Tom necesitaba ambas manos para sujetarse a su pelo.

Muro pareció entender los planes de Tom. Movió la cola como un látigo y giró sus mandíbulas asesinas para morderle en la pierna. Tom gritó de dolor. Una de las flechas de Elena se clavó en la cara de *Muro*. La Fiera rugió y le soltó la pierna.

Tom se dio la vuelta en el lomo de la Fiera para ver hacia dónde se dirigía. *Muro* había salido disparado por el maizal y él se sujetaba como podía con las rodillas y las manos.

—¡No pienso soltarme hasta que te derrumbes! —le gritó a la Fiera.

Muro chilló y siguió corriendo en dirección al pueblo.

«¡El molino! —pensó Tom—. ¡Tengo que intentar que *Muro* vaya hacia allí!»

Tom se agarró al pelo del cuello de la rata monstruosa y tiró con fuerza hacia un lado para desviarla. *Muro* se volvió y se retorció intentando deshacerse de los tirones de Tom.

El molino de ladrillo apareció delante de ellos. Tom siguió llevando a la Fiera y levantó las piernas para poner los pies en el lomo de *Muro*. Un poco más...

«¡Ahora!»

Tom saltó en el aire e hizo un mortal hacia atrás. Oyó un gran impacto cuando la Fiera chocó contra el edificio. *Muro* se derrumbó convulsionándose. Al cabo de un rato, la rata monstruosa se quedó inmóvil.

«¡Lo he conseguido! —pensó Tom—. ¡He vencido a la Fiera!»

Las aspas del molino se habían roto. Tom respiró con fuerza. El aire volvía a estar limpio.

Sólo le quedaba una cosa por hacer: conseguir el anillo. Sacó la espada y se preparó para cortarle la cola a *Muro*.

¡Zas! Algo lo golpeó en la espalda. Tom se tambaleó con el golpe. Cuando miró hacia arriba, vio a uno de los campesinos de ojos azules que estaba encima de él, con un palo en la mano.

La rata monstruosa se puso de pie. A Tom le dio un vuelco el corazón al ver cómo se metía de nuevo en el maizal con el anillo de jade en la cola. No podía

seguirla. Empezaron a llegar más campesinos con guadañas y palos. A Tom se le heló la sangre al oír una carcajada en el cielo, por encima de su cabeza.

—¡Muy bien, Tom! —La voz de Velmal retumbó como un trueno—. Ha llegado tu fin. ¡Prepárate para enfrentarte a tu destino!

CAPÍTULO DIEZ

EL ANILLO DE JADE

Tom estaba rodeado. Un escalofrío le bajó por la espalda mientras los campesinos de ojos azules lo observaban. Estaban embrujados por el hechizo de Velmal y Tom sabía que no iban a tener clemencia.

Los campesinos lo cogieron por los brazos y lo amenazaron con cuchillos oxidados.

—¡Vamos, muchacho! —gritó Elena. Se oyó un ruido de cascos mientras el caballo de Tom galopaba hacia los campesinos con Elena en su montura. *Plata* corría a su lado mostrando los dientes.

Los campesinos se apartaron y Elena extendió el brazo para coger la mano de

Tom. El chico se subió a la silla de *Tormenta* detrás de Elena.

—¡Tenemos que coger el anillo! —gritó Tom mientras *Tormenta* galopaba hacia los maizales por encima del rastro de plantas de maíz aplastadas que había dejado la rata monstruosa al huir. No se oía ningún ruido y Tom se sentía muy frustrado—. *Muro* nos ha engañado —le dijo.

Plata lanzó un gruñido.

—Él encontrará a *Muro* —dijo Elena—. ¡Busca a la Fiera, *Plata*!

Plata se metió entre el maíz.

Tom y Elena esperaron, observando las plantas. Por fin, se oyó en la distancia un ladrido que atravesó el aire caliente. *Plata* había encontrado algo. Unos momentos más tarde, regresó. Detrás de él, apareció *Muro* haciendo temblar la tierra con sus inmensas patas.

Tormenta relinchó. La Fiera chilló al

oírlo y bajó la cabeza lista para embestir. Pero *Tormenta* fue más rápido y cuando la Fiera se abalanzó sobre él, el caballo se apartó a un lado.

Era el momento que estaba esperando Tom. Cuando la rata monstruosa pasó a su lado, Tom saltó, y con un movimiento rápido, le cortó la cola.

Un rugido escapó de la boca de *Muro*. La Fiera se detuvo. Su inmenso cuerpo empezó a encoger y a descomponerse. En su lugar, aparecieron cientos de pequeñas ratas grises y marrones que comenzaron a correr y a lanzar chillidos.

—¡Lo conseguimos! —gritó Tom levantando la cola.

Los campesinos se acercaban por el campo de cultivo.

—Traido... —empezó a decir uno, pero las palabras se quedaron en su boca. Todos se detuvieron. Uno de ellos anunció con voz temblorosa:

—El chico ha vencido a *Muro*. Es... es un héroe.

Tom vio que los campesinos parpadeaban, como si acabaran de despertarse. La parte blanca de sus ojos volvía a brillar y parecían confundidos.

Tom levantó la mano.

—La magia oscura es muy poderosa,

pero ahora sois libres. Volved a vuestras vidas de siempre.

Los campesinos asintieron, murmurando su agradecimiento y buenos deseos a Tom y a Elena mientras regresaban a su pueblo.

Tom tiró del anillo brillante de jade y éste se deslizó fácilmente por la cola cortada de la rata monstruosa.

—Vamos al pueblo —le dijo a Elena. Estaba muy orgulloso de lo valientes que habían sido su amiga y sus animales.

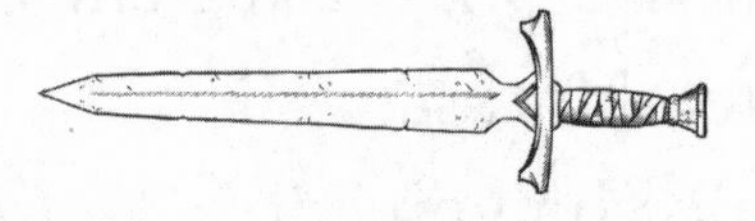

En la plaza del pueblo, vieron a una persona flaca con un sombrero de brujo cerca del caldero. Era Marc.

—¡Tom y Elena! Buen trabajo —les dijo—. ¡Habéis finalizado vuestra misión! —Marc se llevó la mano a la nariz—. ¡Puaj! Pero creo que necesitáis un buen baño —añadió mirando la ropa llena de barro de Tom y Elena.

Tom sonrió.

—Menos mal que aquí hay una bomba de agua —dijo Marc. Tiró de la manivela, pero seguía atascada.

El aprendiz de Aduro dio unos toquecitos a la bomba con su varita mágica y de pronto empezó a salir un chorro de agua espumosa. Los campesinos se acercaron corriendo. Elena cogió una taza y la llenó. La gente, sedienta, recogía el agua con las manos para beber.

Uno de los campesinos se limpió la boca y se volvió hacia sus amigos.

—¡El hechizo ha desaparecido!

—¡Somos libres! —gritó otro. Pronto todos los hombres y las mujeres sonreían. Se acercaron a Tom y a Elena y les dieron las gracias.

El hombre que había atrapado antes a Elena habló.

—Tenemos mucho trabajo que hacer —dijo—. Todavía nos quedan cosechas por recoger. ¡Vamos!

Tom y Marc observaron a los campesinos alejarse hacia el campo de cultivo, hablando y riéndose.

Marc se dirigió a Tom.

—La reina guerrera está muy agradecida por los hombres que le enviaste —dijo—. Cada persona cuenta en nuestra lucha contra Velmal.

—A esos hombres los habían metido en el calabozo por robar —le explicó Tom—. Lo que hicieron estaba mal, pero hay muchas cosas peores amenazando a Kayonia. Tenemos que seguir luchando para vencer a Velmal.

Marc asintió.

—Vamos a añadir el siguiente ingrediente a la poción —dijo.

Tom le dio el anillo de jade y Marc lo metió en el caldero.

—Recuerda, Tom —dijo—. Esta poción salvará a tu madre de su enfermedad, aunque todavía le faltan ingredientes. El anillo de jade hará que Freya recupere las fuerzas, pero tienes que encontrar cuatro ingredientes más.

Tom estaba preocupado. ¿Seguiría viva su madre?

—¿Estás dispuesto a hacerlo, Tom? —preguntó Marc—. Te aguarda tu Búsqueda más difícil. Tendrás que enfrentarte a *Fang*, el demonio murciélago.

Tom no lo dudó. Cogió con fuerza la empuñadura de su espada. Elena, *Plata* y *Tormenta* estaban a su lado. De ninguna manera abandonaría su misión.

—Mientras la sangre corra por mis venas, Velmal nunca acabará con la vida de mi madre —prometió.

ACOMPAÑA A TOM EN SU SIGUIENTE AVENTURA DE *BUSCAFIERAS*

Busca Fieras

Consigue la amiseta exclusiva de BUSCAFIERAS!

Sólo tienes que rellenar **4 formularios** como los que encontrarás al pie de esta página de **4 títulos distintos** de la colección Buscafieras. Envíanoslos a EDITORIAL PLANETA, S. A., Área Infantil y Juvenil, Departamento de Marketing (BUSCAFIERAS), Avda. Diagonal, 662-664, 6.ª planta, 08034 Barcelona

Promoción válida para las 1.000 primeras cartas recibidas.

ombre del niño/niña: ....

irección: ....

oblación: .... Código postal: ....

eléfono: .... E-mail: ....

ombre del padre/madre/tutor: ....

☐ Autorizo a mi hijo/hija a participar en esta promoción.

☐ Autorizo a Editorial Planeta, S. A., a enviar información sobre sus libros y/o promociones.

irma del padre/madre/tutor:

BUSCAFIERAS Nº 32 PRUEBA DE COMPRA

s datos que nos proporciones serán incorporados a nuestros ficheros con el fin de poder ofrecerte información bre nuestras publicaciones y ofertas comerciales. Tanto tú como tus padres podéis acceder a los datos, cancerlos o rectificarlos en caso de ser erróneos, dirigiéndoos por carta a EDITORIAL PLANETA, S. A., Área Infantil y venil, Departamento de Marketing, Avda. Diagonal, 662-664, 6.ª planta, 08034 Barcelona.